KB235472

유심문학회 사화집 2010

바람으로 가자

유심문학회 사화집 2010

바람으로 가자

인북스

'오직 이 마음'으로

《유심》은 뿌리가 깊습니다. 저 어둡던 시절, 1918년 가을 만해 한용운 선각자께서 첫 꽃을 피운 이래 3번의 간행이라는 짧은 '운명'을 역사에 묻어야 했습니다. 그러나 그 운명은 83년 만에 되살아나 2001년 봄 다시 꽃을 피웠습니다. 계간에서 격월간으로 (2009년) 진화해 왔고 앞으로도 더 크고 아름다운 이름으로 세상을 호흡할 것입니다.

《유심》의 길에는 천지만물이 속속들이 깃들어 있습니다. 그 가운데 가장 찬란한 것은 사람, 바로 시인과 독자입니다. 《유심》과 인연 지은 모든 시인과 독자들이 '오직 이 마음'으로 소통하는 동안 문학의 향기는 멀리멀리 퍼져 나가고 있습니다.

2002년부터 시행된 《유심》의 등단 제도는 신인상과 백일장, 추천 등의 과정을 거쳐 왔고 그를 통해 37

명이 문단에 이름을 올렸습니다(2010년 12월 현재). 물론 앞으로 그 수는 늘어 날 것입니다.

뿌리 깊은 나무의 새로운 가지로 돋아났다는 사실에 대한 한없는 자부심이 '유심문학회(유심 출신 문인들의 모임, 유심모)'라는 동아리를 만들었고 이렇게 한 권의 사화집을 내기에 이르렀습니다.

뒤를 돌아보는 일은 언제나 숙연합니다. 다가올 날들에 대한 막연한 설렘이 더해지면 묵직한 삶의 무게를 느끼게 됩니다. 그래서 '오직 이 마음' 하나에 천지만사를 맡기고 고뇌하고 번민하는 동안 우리는 조금씩 우주적 실체에 접근하게 됩니다.

한 뿌리를 둔 나뭇가지일지라도 만나는 바람과 꽃향기가 다르듯 유심모의 시풍(詩風)도 각양각색입니다. 하지만 누구를 막론하고 문학적 열정은 '오직 이 마음'에서 솟구쳐 나와 '오직 이 마음'으로 되돌아간다 하겠습니다.

지금, 이 한 권의 시집을 나의 또 다른 모습인 당신께 공양 올리는 오직 이 마음으로.

2011년 정월
유심문학회 회원 일동

차 례

김남극 김대봉 김종규 김태암
김택회 박미산 배재형 성승철
오승근 이무열 이석란 이종남
이학종 임연태 임효림 정정례
차창호 허진아 홍종화

너무 멀리 왔다

김남극

면사무소 농지원부를 버리고
주민자치센터에 전입신고를 했다

내가 버린 오지가
저 히말라야 같은 산맥 너머에 있다

잠깐 가까운 곳으로 옮겨 살자고 했는데
너무 멀리 왔다

바람은 심하고 날은 궂고
아내는 자꾸 앓는다

슬픔들

술을 따르듯 누가 내게 슬픔을 따르길
두 손을 대접만 하게 벌려 당신 앞에 내민다

콸콸 쏟아지는 음모와 불편
손가락 사이로 잘 빠지지 않는 슬픔을 모아
원샷한다
배가 부를 때까지

마시고 삼켜도 나는 또 배가 고파
어둠에 손을 또 내민다

여기에 쌓여라 불온한 시간들아
지문을 남기지 못하는 이 애처로운 슬픔들아

김남극 | 강원도 봉평 출생. 2003년 《유심》 신인문학상 수상. 시집 《하룻밤 돌배나무 아래서 잤다》.

TV 전인대회

김대봉

빨간 치자를 두른 쌍 커튼이 가다 섰다
주방 쪽 향기가 무대에 올라서고
20세기 물고기가 객석에 앉아 비릿한 신호음을 보
낸다
내 코끝에 앉아 큰절 올린다
막, 잠들려 하는 순간
멘델스존 트럼펫 서곡이
피아노 협주곡 제10번을 지나
쇼스타코비치 교향곡 제5번 '혁명'을 일으킨다
그들은 일제히 일어나 손뼉을 친다
내 손바닥에서 붉은 창시가 튕겨져 나온다

8월의 갓바위

축 늘어진 젖살 가슴보다 후미진 여름이 떨린다
　목각탱 등 까진 혹을 찾아 칡덩굴이 그늘 그늘 남
은 골무꽃을 올리고 있다 모기의 집단 서식소, 측간
통에서 흘러왔을 수분은 잘게 말린 소금이 되어 훅훅
벽을 뚫는다 귀뚜리의 눈물을 받아 내공을 쌓고 혼몽
한 내 눈꺼풀에 올려 수평으로 부도탑에 들어간다 한
동안 고3 신종병을 앓고 있는 어머니, 어머니 손목을
감싼 염주가 인플루엔자를 담아 굳은살로 태어나고
있다 더러 행자 틈, 눈가와 맞닥뜨린 주문이 등껍질
속을 에워 발품을 판다 언젠가 그리움을 기억해낸 따
뜻한 등짝으로 만나야 할 눈의 통로를 쩍쩍 내고 있
다 절굿대 환한 날, 진신사리를 눈깔사탕으로 알고
흙돌을 빠는 저 오만함. 숱한 불빛이 들어갈 수 있는
구멍, 저 모기는 키우고 있지 않은가 키워 키워서 담
팔수 위로 오를 수 없는 새의 심장을 가진 호흡들만
이 반야심경 백팔 번째 등과 백팔 번째 손으로 새벽
을 두드린다 소복이 고인 별밥, 모기밥이 어머니의
머릿결 사이로 보송한 새치를 단단하게 붙잡는다 훗

날 애기부처가 되려는 저 집요함을 알았음일까 그녀
는 루비콘강을 건너갈 것처럼 여리게 여리게 새벽불
을 올리고 있다, 갓바위

　내 손에 관봉석조여래좌상*을 올려놓고 천수경을
독경(讀經)한다.

＊관봉석조여래좌상 : 경상북도 경산시 와촌면에 위치한 석불상.

김대봉 ┃ 2010년 《유심》 추천, 〈영주일보〉 신춘문예 당선.

마른나무

김종규

매달리는 건 낙하해야 할 이유가 된다 지난 계절을
복기한다, 물든 나무는
길거리 물든 나무를 올려다보면 알게 된다
땅보다 햇빛에게 더 많이 기대는 것
햇빛은 욕망이다
중요한 영양소다
몸은 짧아진 일조량을 가늠한다 지지 않는 나뭇잎
이 없다
가랑비가 떨어지는 속도로 썩음 뒤에 다시 잎의 후
생이 도래할 거라 믿으면서
더 이상 도달할 수 없는 욕망을 털어버린다
항진하는 체온으로 수피를 뚫는 초록이 옮겨올 때
까지
영하의 눈금,
몇 백 볼트 전류가 켜져 있다

파지는 어디서부터 시작되는가

종종 자정이나 새벽 한 편의 시 유리창을 기어오르
는 붉은딱정벌레처럼
안간힘으로 생각을 뒤적이다 주저앉다 한 쪽으로
기울다
꼭짓점에 이르러 글러버린 헛된 매달리기 같은
파투난 연애,

어느 구석인들 실패가 없으랴

너무 에둘러 갔거나 너무 가까이서 길을 찾으려 했
던 것

다시 처음의 뜨거운 바닥이 될 수 없다는 것

이쯤해서 또 다른 패에게 자리를 물려주라
상을 잡았으나 형체를 갖지 못한 것과 일합을 겨뤘
으니
그렇지 않은가, 꼭 실패라고 볼 수 없다

갓길 호떡봉지로 남거나 이면지로 살아남거나 누
군가 데려다주는 곳까지
　가는 것이다

김종규 | 2009년 《유심》 추천으로 등단.

상왕십리

김태암

밴드 쏘— 하나면 봉황을 모란을 수복을 건져 올리
던 얼기설기한 자개골목 지나면 신쮸(황동)집 이모
노(주철)집 로꾸로집 에끼생이집 베아링집 보일라집
도금집 빠워집 발브집 가다집 선반집 밀링집 볼트너
트집들이 다닥다닥 늘어선 골목길

이찌부니링고부, 후다인지항으로 통하던, cut out
switch를 쨌디 았디스읫지료 부르던 기름때 절은 말
들이 어깨를 피하며 걸어야 했던 골목

발길 끊긴 갈보집처럼 철거를 기다리는, 어쩌다 녹
슨 양철지붕 조각을 덜거덩 흔들며 바람이 지나가는,
길 떠나지 못한 도둑고양이 몇 마리가 골목주인 되어
싸다닌다. 재개발 바람이 휩쓸고 지나가면 삐까번쩍
한 고층 아파트가 자리를 차지하고 왕년의 왕십리,
싸요싸요를 외쳐대던 1980년 쉰 목소리가 흔적 없이
묻히겠다.

원적암(園寂庵)에서

낙엽에 묻힌 암자
향 내음 이는 툇마루 앞
또, 천년을 숨 쉬어야 할
피나무 고사목에
바람이 잠시 머물다 떠나간다
어디로 가는 것일까

지금 숨 쉬는 것들
아니, 전에 숨 쉬었던 것들까지
시공의 흙이 되는지
짙붉은 단풍잎들도
가지 끝에 매어달린 끝물감과
애기스님의 맑은 눈동자도
세월에 덥혀서
흙 돌 속에 묻힌다.

소담한 가을 볕드는
원적암 툇마루

먼지 자욱한 산 아래
허깨비 먹이놀음을 벗고
티끌 없는 하늘 한 조각으로
가맣게 때 절은 가슴뼈를 씻는다.

김태암 | 완도 출생. 2010 년 《유심》으로 등단.

한여름에 만난 문익점

김택희

당신 참 오랜만이네요
더운 한낮 지하수 끌어 올리는 마중물 같아요

시원한 바람 올까 마중 나선 길
당신 여기 있네요 시르죽은 내게 내미는 손길
송이송이 목화꽃 내어 당기네요

붓두껍 속 숨죽인 내밀
저는 알지요 데칸고원의 바람 불러 어르던 마음
이며
애태우던 눈빛 지금도 기억해요
기꺼이 나눠 주네요 당신의 긴 강물

갈증 핥아대는 태양의 혓바닥이며
부음으로 찾아오던 열대의 밤을 건너
포근한 꿈으로 이어주는 당신
차가운 지하수 길어 목물로 부어주네요

고운 솜 가려 이부자리 준비하던 새색시 손길로
겨울사랑 여름에 가꿀 줄 아는 환한 당신
오늘, 더위 밀쳐 하얗게 걸어오네요

은행나무의 안부

우편배달부는 내가 사인을 하는 동안에도
흰 봉투에 새겨진 길을 살피느라 시선을 거두지 않
았다
그가 건네준
은행잎으로 만들었다는 푸른 알약들
안부를 묻는 지인의 손길처럼 싱싱하다
몸속 오지의 좁은 길까지
큰 혈관으로 혹은 미세혈관으로
길을 터준다고 했다

요즈음 나는 가끔씩
자주 다니던 길 위에서 헤맬 때가 있었고
가던 길을 되돌아오기도 했다

굽은 길 위에 서 있던 우편배달부도 돌아간 어둑
저녁
은행나무 아래에 선다
푸들푸들 바람 비벼 나누는 인사

잎 잎으로 뻗은 손 흔들고 있다
동서남북 흩어진 지구인에게 안부를 묻고 싶어져
이 저녁 나는
키 큰 한 그루의 여름 은행나무로 선다

김택희 | 2009년 《유심》으로 등단.

명랑이발소

박미산

성북동에는요 아주 오래된 이발소가 있어요 새끼
에게 젖을 먹이고 있는 돼지가 있고요 기도하는 소녀
도 있어요 그리고 의자 팔걸이에 빨래판이 있고요 그
위에 내가 앉아있어요 이발사는 내 목에 흰 천을 두르
고 머리를 깎고 있어요 나는 스르르 잠이 들었는데요
나의 긴 머리카락은 어느새 시멘트 바닥을 뒤덮고 상
고머리 낯선 아이가 거울에서 나를 빤히 바라보고 있
어요 우왕, 우는 아이를 번쩍 안고 빨래비누로 머리
를 감겨주던 여자 이발사, 물조리를 밀치며 도망친
아이의 짧은 머리카락이 구름을 뚫고 자랐어요

50년 동안 문 닫은 적 없는 명랑이발소, 잘린 머리
카락들이 이발소에서 영영 나오지 못하고, 내 귀를
자를 것만 같은 시퍼런 가위도 도망치지 못했네요,
머리카락을 제 맘대로 자르던 아가씨는 오늘도 여전
히 면도칼을 가죽에 문지르고 거품도 만듭니다, 구름
을 만들어내고 어제와 내일도 만들어요, 어제의 나를
번쩍 꺼내 활짝 웃으며 인사하는 할머니 이발사, 빨

래판 위의 나와 빨래판 뒤의 아가씨, 손에는 이빨 빠
진 바리캉이 빛나고 있어요, 이제 겨우 자란 긴 머리
카락을 자르려고 달려드네요, 속절없이 머리카락이
후두둑 떨어지는

세신목욕탕

허리 굽은 그녀가
탕 안으로 들어온다
자글자글 물주름이 인다
목만 내밀고 있던 여자가 묻는다
몇 살이슈?
여든 일곱이유
난 아흔 둘이여
잘 익은 살갗을 열어젖히며 목청을 뽑는다
얼굴이 뽀얀 아주머니가 조그맣게 말한다
난 일흔 여덟이에요
요새 일흔이면 새각씨여
벌거벗은 마음들이 넘치면서
물주름이 쫙 펴진다
살빛으로 물든 탕 안에
늙은 발목들이 조그맣다
퐁당 퐁당 말장구 치는
여자들이 다시 태어난다
배가 불룩한 탕 안에서

쪼글쪼글한 신생아로,

박미산 | 인천 출생. 고려대학교 국어국문학과 박사 수료. 2006년 《유심》 시 부문 신인상. 2008년 〈세계일보〉 신춘문예 당선. 시집 《루낭 의 지도》.

이별 후 속 푸는 방법

배재형

술국을 안주 삼아 술을 마신다
얼큰한 마음의 눈물을 술과 섞어 폭탄주 제조하고,
뚝배기에 첨잔한 고춧가루로 얼었던 손을 녹인다
푸짐한 허기는 입맛을 잃게 만들지만
혼자가 아니야, 앞자리에 빈 숟가락과 야윈 젓가락을
가지런히 놓고 돼지의 內包를 살핀다
지방간이 잔뜩 낀 곱창, 오소리 한 점
창자, 깃머리 한 점
너는 어디냐, 부드러운 너는 어디서 움직이며 살았나
두근두근 뛰는 가슴속 삶아진 기억을
뭉게뭉게 떠먹는 숟가락은
차고 비우는 기나긴 싸움처럼 뜨겁다 식는다
새우젓갈처럼 뜨겁게 팔딱이던 피는 폭삭 삭아가고
돼지피야, 소만 한 돼지피와
뽀얀 국물에 청양고추 양념장 섞어 허한 사랑을 버
무린다
사랑은 응고되어 부추 겉절이마냥 허기를 달래며
헌 사랑을 보내고 새 사랑을

맞이하는 술국의 이중성, 피가 되어 흐르다가
푹 고은 국물에서 응고되는 마음은
이별 후 술국이라
술 마시기 제격인 술국이다

김밥 옆구리

오랜 시간 간지럼을 참았다. 포식한 식사 후 더부
룩함이 그러하듯 꾹꾹 안으로 안으로 포개져 눌러지
는 오색 무지개를 숨겨왔다.

허기의 가운데 얇고 검은 자막에 쌓여 완성되었으
나, 배고픔을 너무 잘 알았으므로 죽기를 각오한 식
칼조차도 두렵지 않았고

오백 원 동전 두개로도 모자란 사랑, 바쁜 일상의
조각조각 주린 배를 채우고 꿀꺽 게눈 감추듯 이별하
였다.

세상은 너무 공평해서 무너질 듯 욕망이 커지고,
자꾸자꾸 웃을 일만 있거나 치명적 유혹의 간지럼을
참지 못하면 순간 툭, 하고 옆구리 터진다.

김밥 옆구리 터지는 소리 들어보았나, 그 슬프고
노여운 굶주림보다 더한 말씀을 이제 듣지 않겠다고

다짐하면서

나는 너무 오래 웃지 못해 근엄하였다

배재형 | 2007년 《유심》 신인상 수상, 《월간문학》 아동문학 등단. 현 한국
야쿠르트 홍보팀 대외PR 담당 과장.

등대

성승철

다방에서 돈 땡겨 쓴 딸이 또 잡혀갔다
후두암에 넘어진 어미가 다시 넘어졌다
딸은 중학교를 다니면서 길을 잃어버렸다
멀리 있다고 늘 너무 멀리 있다고
법(法)의 옆구리를 향해 발길질을 해대던 아비의
소금발은
이번에도 경찰서 입구부터 무릎을 꿇어야 했다
저마다 생의 굴곡에 비가 내린다
빗속에서 아비가 칠흑 같은 가막만*의 물길을 찾던
손으로
딸의 길을 찾고 있다
아비가 닿을 수 없는 바다에 머무는 딸,
그의 아비를 데리고 간 바다보다 더 거친 바다가
지상에도 있다는 것을 미처 몰랐다
출구를 찾지 못하는 아비의 한숨이
수많은 출구를 만들며 눈물을 흘린다
열 살부터 고락을 같이한 바다도 다 받아줄 수 없
는 눈물……

죽은 한숨 묻을 곳 없는 아비 가슴은 오늘도
잠 못 드는 등대로 남아야 한다
한때는 나도 아버지의 손가락을 빠져 나간 바다
였다
무덤 속에서도 굳건한 섬처럼 서 있는 푸른 등대다
아버지는
이 지상의 바다에 발목이 잡혀버린 푸른 등대
인자는 동네방네 더 깎일 얼굴도 없네
성난 꽁치 부리를 닮은 아비 눈에서
죽일 수 없는 죽일 년이,
죽일 수 없는 세상이
하루에도 수백 번씩 드나들고 있다.

* 가막만 : 여수시 주변을 품고 있는 바다.

바르샤*에게
—너는 무기가 되고 싶었다

소들과 싸우는 나라,
부러진 소뿔 같은 북쪽 어디쯤에서
지워진 카탈루냐의 슬픔이 축구로 태어났지 너는
축구보다 무기가 되고 싶었지
해골이 되어 버린 조국이 너를 부를 때마다
적의 심장을 관통하는 축구가 되고 싶었어
한방에 날려 버리는 미사일이 되고 싶었어
그때 그 게르니카**의 비명을 베고 자는 너

스페인군(軍) 칼을 맞고 엠블럼***으로 들어온 왕
(王)은
레알****만 만나면 검은 피를 흘리고
수백만을 가스실로 보낸 콧수염과 게르니카로 비
행기 놀이를 하며
스페인을 소처럼 부리던 프랑코가
레알의 지하벙커에서 널 노리고 있어
티베트와 위구르 같은 팀들을 간식처럼 해치우는
그는

축구 안에서도 축구할 수 없는 운명이야
축구 밖에서도 축구할 수 없는 숙명이야

제국 맨체스터유나이티드를 무너뜨리고 유럽을 정
복하였을 때도
너는 축구보다 무기를 꿈꾸었지
너만 보면,
왜 삭은 깃들의 슬픔이 생각나는지 몰라
끝내 무기가 되지 못하고
깃발만 들고 헤매이다 거리의 만세(萬歲)가 되어
버린
흰옷 입은 민족이 생각나는지 몰라

네 길을 알면서도
아직도 네 길을 갈 수 없는 너,
챔피언이면서도 챔피언일 수 없는
너, 바르샤여!

*바르샤 : 스페인 축구클럽 FC바로셀로나의 애칭. 2009년 유럽챔피언스대회 우승팀으로 스페인에 복속된 옛 카탈루냐 왕국민들이 세운 축구 클럽이다. 레알마드리드와의 라이벌전은 세계적인 주목을 받는다.

**게르니카 : 스페인 북부 도시. 내전 당시 프랑코가 공화파들을 제거하기 위하여 히틀러와 함께 비행기로 공습하여 도시의 4분의 3이 파괴되고 민간인 1,540명이 희생되었다. 헤밍웨이, 앙드레 말로 등이 공화파 편으로 참전하였다.

***엠블럼 : 바르샤의 엠블럼 우측 상단의 노랑 바탕에 적색 세로줄은 카탈루냐 왕국의 마지막 왕이 스페인군 칼에 맞고 피 흘리며 쓰러지는 모습을 상징한다.

****레알 : 스페인 축구클럽 레알마드리드의 애칭. 프랑코는 중앙정부에 저항하는 지방 클럽들의 기를 꺾고자 정치적으로 레알마드리드를 후원하였다. 극우적 성향을 가진 팬들이 많다.

성승철 | 전남 여수 출생. 2009년 《유심》으로 등단. 단국대학교 법학과, 순천대학교 대학원 법학과 졸업. 문학동인 '시와산문' 회장, 순천문인협회 이사. 현재 순천검찰청 재직 중.

별빛 사전을 제본하다

오승근

어둠 속에서도 빛을 쏘아 올리며
별자리를 도식, 별빛 사전을 읽어주고 있었지요
까막눈의 식솔들이 올려다 본 별천지는
까맣게 제본된 별빛 사전의 겉표지 같았어요
하늘칠판에 반짝이는 성채들도
한 되 좁쌀만도 못한 까만 글씨에 불과 했지요
보름달로도 덥혀지지 않던 아랫목에서
매일 밤 별빛 사전을 펼쳐들고
고전처럼 읽어주는 일상이 별똥별 같았어요
별똥이 떨어져 자갈밭이 된 앞마당을

근심으로 서성이며 빚처럼 쌓여가는 형상들이
탈고되지 않은 사전의 목차를 닮아갔어요
한 쪽이라도 빨리 일그러진 표정을 곱게 펼쳐
갈피로 끼워 넣고 페이지 수를 늘려가고 싶었지요
목차의 순서를 씨줄처럼 탈고하던 날
부러진 쟁기날에 혈육의 핏줄을 수혈하면서
외양간 빈 여물통에 달빛이 고여 신기루 같았어요

북두칠성으로 밑거름을 퍼 담던 오싹한 등살에
한 줄기 유성이 내려 꽂혀 허기를 펼 수 있었지요
식어 버린 아랫목에서 깨진 종소리를 들었던 거예요
깨진 종소리가 하늘 메아리로 울려 퍼지기까지
여명이 우마차에 실리고, 등굣길이 실리고
등교를 기다리다 등을 돌린 책보자기는
하교의 깃발로 펄럭이며 종소리를 잊어가곤 했지요
별빛이 따스하게 스며들기 시작한 아랫목.
별이 빛나던 밤에도 별을 보지 못했던
까막눈 속으로 하나, 둘 별들이 자리 잡고
별빛 사전이 인쇄되어 페이지 수를 늘려갔지요
읽기 쉬운 별빛 사전의 개정판이 제본된 뒤
시작종과 끝 종 사이에 끼워 넣은 까막눈동자
별빛 사전에서 파본된 별자리를 헤아려 가자
북두칠성을 타고 은하수를 건너가고 있는 워낭소리
하교의 깃발로 펄럭이던 책보자기는
칠성의 돛이 되어 하늘의 물살을 가르고 있었지요

동해 수족관에서

날개를 달고 싶어 하는 활어들이 있어요
수족관에서 호시탐탐 기회를 엿보며
모의작전을 방해하며 튀기는 물방울
자기 영해를 지키려는 자본의 파편일까요?
만신창이가 된 지느러미를 세운 까닭은
교전에서 생긴 상처를 서술하고 싶은 모양이에요
파도는 어제보다 더 달콤한 소리를
부드리운 모레 톱날로 다듬어 유혹하고 있어요
톱날에 잘려나간 발자국이 재생되어
족적을 찍으며 수족관으로 잠수하려고 해요
그들을 저지해야만 해요
세상은 넓고 수족관은 너무 비좁아요
곧 연합훈련이 실시될 예정이니 활어들,
처녀성으로 대피하라고 안내하고 있어요
동해는 지금, 환호의 파도소리
그들은 비키니 속 비밀을 수중탐사하려는
경계가 소홀한 발정난 시기를 노렸어요
이미 포란 장소를 첩보수집 완료하고

밀물과 썰물로 모의훈련 중이에요
수중촬영에 성공한 비키니 속 비밀장소,
침투를 위해 노을의 애무도 마다하고 달려왔어요
조만간 작전이 개시될 거예요
초탄에 명중되어 처녀성이 무너져 내려도
아파하거나 신음소리를 내선 절대 안 돼요
발각되는 날에는 수장될지도 몰라요
치어 떼들이 해오름 하는 풍경이 지척인데
수족관에서의 자본주의 사색은 언제쯤 끝날까요
이제 막 작전 상황판을 들고 살육에 앞서
입맛 다시고 있는 연합함대를 보아요
날개를 달았으면 수족관을 이륙하여
돌아오지 않은 타이아타리 특공대처럼
항공모함을 향해 추락을 시도했을 거예요

오승근 | 충남 공주 출생. 1997년 《호국문예》 소설 부문 가작. 2009년 《유
심》 추천. 시집 《세한도》.

만인사 1

이무열

전화를 받았다.
이형, 오늘 저녁 함 모디자
팔공산 다락헌 장 처사 하산하고
탑리 절반쯤 탑이 된 김 약사와 예수 곁방 사는 이
장로도 납신단다.
지난번 박살났는데 오늘은 제대로 본때를 보여 주
꾸마
인간들이 니캉내캉 너무 얕잡아 보는 것 아이가 몰라
고참도 몰라보고 말이야
내, 함 밀어 줄란다.
국화 열 짜리 주면 덥석 무 뿌고
똥광 치다 설사한 것 다 갖고 가 뿌라
니, 매인 줄 아니께 꼭 오라 소리는 아이다
기냥 일곱 시에 모인다꼬 알리 주는 기다.

출판사 하루 접고 하우스 연, 박 사장이 초대하는
늙수그레한 사내들의 복수혈전이다. 박가분 문 닫고
생계의 뒷전으로 줄행랑 놓고 싶어 끌탕쳐 보건만 마

땅한 궁리가 떠오르지 않는다. 날씨가 되우 좋아 못
이기는 척 오늘 장사는 서둘러 종쳐야겠다. 끙,

　개봉박두!
　판 벌려 세상살이 폭폭한 주름 지우고 싶다. 만인
사 사랑방에 모여 저마다 詩 한 편 요리조리 아코디
언처럼 접었다 폈다 트집도 잡아 보고, 뜬구름의 경
전 패를 읽느라 도끼자루 썩어 나자빠질 토요일
봄밤.

만인사 2

초파일이 언젠고?
와, 부처님께 복 빌일 있나 뜬금없기는……
근래 고도리 끗발 오르는 다락헌 장 처사다.
탑하고 붙어먹은 탑리 김 약사와 광만 파는 이 장
로도 온다며
일곱 시니까 알고나 있으란다.
연이어 울리는 박 사장의 목청 꾸불텅꾸불텅 뿔뚝
끌 났나.
지가 주진가 내가 주진가 해명 좀 해도!
주말농장 갔다가 호출당했다며
오늘은 당초고초 매운맛 보여주겠단다.
사정이 여의치 않아 입맛만 달싹거리고 있는데
초파일 앞두고 기어이 등 달잔다.
몸 못 오면 시줏돈만 보내도 된단다.

화엄과 반야의 길 너머
만 사람의 책 펴내겠다는 만인사에서
詩 공부 핑계 겸 능청스레 화투장 펼치다 보면

팔월 공산 흑싸리쭉지 같은 세월
오십 줄 허위허위 건너가는 덜떨어진 사내들
관세음보살 나무관세음보살 갓바위 쪽으로 등 하
나 내걸고픈
5월 봄밤, 시름을 달래보는 뷰티플 선데이겠다.
경전은커녕 염불소리 다 삭아
몸도 마음도 갈앉은 백골단청 시간이겠다.

이무열 | 대구 출생. 2010년 《유심》 추천으로 등단. 현 대구 문화관광해
설사.

억새는 억세다

이석란

산등성이에 내걸린 플래카드
'이달은 대청소의 계절'

환경미화부 소속 비정규직 아줌마들
대걸레 허옇게 치켜들고
여름내 먹구름 비바람에 천둥번개까지
부산했던 하늘 털고 닦는다.

산자락 여기서기 까치빌로
등성이까지 구석구석
시큰거리는 숨소리 묻어나는 입김
휘어진 허리 바람이 시리다.

때깔 좋은 옷차림
팔자 좋은 여자들 단풍놀이
호들갑에 기죽지 않는다.
갈라터진 발꿈치에 바셀린로션 발라가며
야무지게 한 생을 꾸려가는 그 힘,
억세다.

국지성 호우
　　－세계기상도

공포탄이 허공을 가르고
최루가스가 도시 골목을 메웠다.

공항이 폐쇄 되고
여행 위험 지역으로
지도 위 빨간 동그라미에 갇혀
쑥대밭이 된 카불.

철벅거리는 군화소리
모두들 건물 안으로 피신했는데
흙담장 아래 매달려 있는
잘 익은 머루 같은 눈동자들
겁에 질려 금방이라도 울음이 터지겠다.

진원지는
오호츠크해라고
연합통신은 전 세계로 뉴스를 쏘아댄다.

또,

자살폭탄이 터졌다.
먹구름을 몸에 두른
이슬람 여인이 뛰어내렸는가 보다.

이석란 | 본명 이석례. 1993년 수필 등단, 2010년 《유심》 시 추천. 동국대 문화예술대학원 석사 과정 재학 중. 현재 경남문협, 창원문협, 가향문학회, 청강문학회 회원.

나비

이종남

베란다에서 일생을 견딘
천으로 만든 붓꽃 한 송이
헐벗은 채 겨울을 지내고도
속없이, 속절없이 활짝 웃는다
창문으로 날아든 나비 한 마리
한참을 앉았다 날아간다

필경 저 나빈
평생 변변치 못한 꽃가루만 실어 나르다
덜컥 마누라 죽자
음부의 길잡이가 저 인 것만 같아
넋이라도 만나면 용서를 빌리라
다짐에 다짐을 한 사내 일 것이다
그러지 않고서야 향기도 없는 꽃에 깃들어
한나절을 저리 쥐 죽은 듯 무릎 꿇다 가겠는가

오늘도 노숙의 그는 아내 곁에서
힘없는 날개만 파르르 떨다 돌아갔다

나비는 다만 나비로 살았으나
꽃은 또 꽃으로서 살았으나
저 풍경 어느 안쪽엔
끝내 서로 가 닿지 못한 시린 봄이 있었을 것이다

성장

한때 어느 흙 속의 부드러운 살이었던
저 애벌레가
무서운 욕망을 품고 날아올랐다
득음이 있다는 것을 알아챈 것이다

이제 세상은 울어서 넘어야 할 수천의 산이다
목울대를 내리쳐야 닿을 수 있는 세상
세상은 날아오르는 울음으로 팽팽하다

울음이 노래로 치환되는 절명의 순간을 위해
탕 탕 제 목에 구멍을 뚫는 매미
아찔한 절벽을 타고 공중에서 하늘로
이 울음에도 못 끼면 추락하고 만다고
휴일도 없이 오밤중에도 매애매애앰……

오늘도 도심 높은 가지에서
득음의 세상을 위해 야근을 하는 아이에게
밥은 먹었니

실없이 안부를 묻고 돌아선다

매미 울음 흑흑 살을 파고든다

이종남 | 1996년 《시조문학》 추천 완료로 등단, 2010년 《유심》 추천. 민족문학작가회 회원. 시집 《따뜻한 출구》《저것좀 봐, 끊임없이》. 현 광주문화원 편집주간.

첼로 연주회 1

이학종

흰 목덜미 훤히 드러낸 여인
사내 등에 돋은 힘줄을 뜯는다

긴 손가락 끝 등줄기 튕기면
갈색 근육질 사내 신음 토하고
터질 듯 부푼 가슴 감싸 쥔 채
부르르— 가랑이 새 파고들고

벼랑 끝까지 내몰린 가쁜 숨결
선율로 나투는 젖혀진 목젖의 진동
절정은 갈채로 쏟아져 내리고
입김에 단 체임버* 온몸 뒤튼다

열락의 여운……,
별 길에 켜켜이 잦아들고 있다

*체임버(chamber) : 아치형 천장을 한 작은 연주 공간.

첼로 연주회 2

한 생의 일이 아니다 저건, 아득한 날 양지바른 숲
에 살던 한 그루 단풍나무와 그 가지를 타고 날마다
재잘거리던 노고지리가 그리움을 어쩌지 못해 이생
에서 다시 만난 것이다 여인으로 환생한 노고지리를,
천년을 애틋하게 지켜 섰던 단풍나무*가 악기로 제
몸을 바꿔서는, 저리도 뜨겁게 부둥켜안은 것이다 움
찔움찔 붉은 소리는 그래서 나는 것이다

오금 짜르르 저린 세레나데
즈믄 갈피가 만든 핏빛 해후

*단풍나무 : 첼로는 주로 단풍나무로 제작한다.

이학종 | 경기 양평 출생. 2010년 《유심》 등단. 1988년 이후 불교 언론에
서 종사. 현 미디어붓다 대표. 저서 《선을 찾아서》《돌에 새긴 희
망》《인도에 가면 누구나 붓다가 된다》 등.

선암사 뒤깐

임연태

누구에게나 한 칸이다.

엉덩이를 까고 앉은
한 칸의 고요가
세상보다 넓다.

거기 앉으면
비워내는 시간의 적요가
채우느라 안간힘 쓰던 날들을
발효시킨다.

겸허한 자세로 앉아
응축된 번민 덩어리가 척, 척
낙하하는 소리 듣다 보면
한 칸도 못 되는 내 생애가
말갛게 보인다.

누구에게나 한 냄새다.

청동물고기

월롱산 용상사 명부전 추녀 끝
청동물고기 허공에 입 벌리고 있는 까닭을
누구에게 묻기도 쑥스럽고
경전 뒤적여 찾아낼 재간도 없어
그저 궁금한 마음으로
바라보기만 하던 터였는데
보름달 환한 밤에 화들짝
그 까닭 보았다.

떨그렁 떨그렁 하염없던 풍경소리
하늘을 돌고 돌다가
여의주같이 훤한 달 떠오르자
한입에 덥석 낚아채더니
떨그렁 떨그렁 아무 일 없다는 듯
무심으로 흐르는 달빛에 풍경소리

그 반짝이는 찰나의 법거량을
도솔천 내원궁 미륵님이 알아보고

씨이익 미소 지으니
텅 빈 월롱산에 소쩍새만 소쩍소쩍
농월(弄月)하는 밤이었다.

임연태 | 2004년 《유심》 신인상 당선. 시집 《청동물고기》 기행집 《감성으
로 가는 부도밭 기행》 《행복을 찾아가는 절집기행》.

바람으로 가자

임효림

우리 모두 바람이나 되자
거친 들판에 거친 바람이 되고
작은 꽃밭에 보드라운 바람이 되어
세상 어디든지 비집고 다니자

틈새도 없는 그런 것에도
어떻게 해서든지 비집고 들어가
그이의 마음을 흔들어 놓자

시인이여!
사랑하는 벗이여!
부디 바람이 되어
적막한 내게도 찾아와 다오
나도 바람이 되어 너를 맞이하마
그리하여 점차 무디어져가는
우리들의 마음을
사정없이 흔들어 놓자

그 누구에게도 삶의 안전이 보장되지 않는
이 시대를 살아가는 우리들
바람이나 되어 흔들리면서 가자

이심전심

당신의 앞에만 서면
나는 바보가 되어
눈멀고 귀먹어
아무것도 모릅니다

말하지 못해도
내 이 느낌 내 이 진심을
다 알아보시고
그윽한 눈빛으로만 말해 주세요

나도 당신의 눈빛만 보고
나를 향한 당신의 마음을
다 알고 다 느끼겠습니다

임효림 | 2002년 제1회 《유심》 신인상 수상. 시집 《흔들리는 나무》《꽃향기에 취하여》《그늘도 꽃그늘》 등.

백자

정정례

보름달이다
옥양목같이 희고
볼기짝같이 보드란운 살결이다
풍만한 여인의 속살이다
가만히 안고 쓰다듬노라면
빈 가슴에서 휘파람소리가 난다
누구를 위해 이렇게 다 비어두었을까
제 속내 다 드러내고도
고고하다
그 자태 산산조각 날 때
사정없이 깨지면서 깨달을까
제 생이
일천 도의 화염으로 달궈진 구속이었다는 걸

개화

블라인드 사이로 들어오는 햇빛이

난초들의 곤한 잠을 깨울 때

나는 보았다

부스스 눈을 뜨는 이파리들

파랗게 반기는 소리 없는 손짓들

잎맥 타고 흐르는 건강한 맥박을

햇살 먹고 커 가는 신아들의

솟구치는 힘을

고층아파트 베란다

미끄러운 타일 속에 갇혀

허덕일 때

나는 보았다

한 살가운 손길이

마른 줄기에 실리는 힘을

정정례 | 전남 영암 출생. 2010년 《유심》 추천. 중앙대학교 예술대학원 수
료. 시문회 회원.

강가의 저녁

차창호

둑 새 언덕에 앉아
윤동주의 시 한 줄로 칡뿌리 씹을 때
추해당 꽃잎같이 노을 졌다
노을빛은 섬의 이마를 문질렀다
아이들은 노을빛 손을 잡고
정신없이 강둑 위를 달렸다
물빛 사랑에 가슴 다친 물닭 하나
자꾸만 물속으로 들어갔다 나왔다
물때에 지붕의 노랑 칠 벗겨진 집
그리움 애절한 빨래들이 마르고
밀감나무 그림자는 돌담을 베고 잠들었다

살구나무 아래

바람에 떨어지는
살구 꽃잎 하나
땅 속 박힌 돌멩이에 앉았다
꽃잎 통해 돌멩이를 본다
속 깊이 하얗게 빛난다
언제부터 빛을 품었던 것일까
창에 붙은 햇살처럼
알 수 없는 힘을 따라 내려온
꽃잎 갈 줄 모른다
살구나무 아랜 지금 환하다
땅 끝이 보이도록 환하다
내 몸에서 서성이는 그리움이
나를 어디론가 데리고 갈 무렵

차창호 | 춘천 출생. 2002년 〈강원일보〉 신춘문예(아동문학), 2005년 《유심》 신인문학상(시) 당선.

Doppelgänger

허진아

밀린 차에서 끝말잇기를 한다. 개나리어카메라디
오디오디오디오……, 허공의 바퀴, 이 길은 왜 한쪽
으로만 밀리는지, 가방을 움켜쥔 여자가 경찰서 회전
문을 밀고 나온다. 그림자를 남기고 지하철 입구로
사라지는 여자.

여자는 왜 경찰서에 갔을까, 회전문을 돌게 했을
까. 낯선 바람을 일으키는 도시가 여자를 헤매게 했
을지도, 나는 여자를 따라 계단을 내려간다. 여자의
구두소리, 못질소리, 여자의 숨소리, 문 두드리는 소
리, 여자의 어깨를 스친다. 여자가 나를 따라온다. 전
철을 타고 어둠속으로 멀어지는 나.

길이 바람 부는 쪽으로 꺾인다. 길이 길을 토할까,
끊어질 듯 이어지는 길, 머리카락 사이로 찢기는 길
을 걷는다. 자물쇠가 채워진 붉은 대문, 왔던 길이
다. 바람이 분다. 순간, 나는 바람이 길을 토한다고
생각한다. 다시 길을 걷는다. 다시 올 바람을 따라

걷는다. 그 자리에서,

여자가 경찰서 회전문을 밀고 들어간다.
여자가 경찰서 회전문을 밀고 들어간다.

아라베스크 카펫

그대의 문지방이 아니라면 이 세상 어느 곳에 내
쉴 곳 있으리오
그대의 문이 아니라면 이 세상 어느 곳에 내 누울
곳 있으리오.*

당신은 가장 싸구려 방에 기거하셨군요.** 공포와
두려움으로 창백한 얼굴, 뻣뻣한 손마디, 미끄러지는
생각을 내려놓고 이제 왕처럼 몸을 풀어요. 융성의
꽃불 무늬에 앉아 잿빛 같은 시간을 불에 던지고,

달고 슬픈 이야기, 열려 있지만 갇힌 이야기, 긴밀
하지만 느슨한 이야기, 죽은 자와 산 자의 약속 같은
이야기, 생의 비밀 같지만 시간의 먼지 같은 이야기,
돌고 돌아 다시 오는 시뮬라크르 같은 이야기, 낯설
지만 낡은 창조와 파괴의 이야기, 보실래요.

노예가 왕이 되어 스스로 빛나는 곳, 가능하지 않
을 일이 가능한 곳, 팔베개 하고 물 담배 피우실래요.

씨실과 날실의 매듭이 무늬가 되듯 서성거린 당신의
발자국이 정원이 되는 곳, 꿈속의 꿈, 부드러운 잠 같
은 곳,

눈감고 시집을 펼쳐 당신의 운명을 알아보실래요?

* 이란의 시인 하피즈 시에서
** 이란의 시인 하피즈 시에서

허진아 | 광주 출생. 2010년 《유심》으로 등단.

강문(江門)

홍종화

강문다리를 지나다 아래의 물들을 문득 보았다

경포호에서 내리는 민물과 강문의 바닷물이 섞이
고 있었다

힘 준 팔뚝처럼 물살의 골이 도드라지다가

서로의 봄에 노아리를 틀너 살들을 기내고 있었다

어느 부분이 경계랄 것도 없는 저 경계

제 몸을 다른 품에 맡기고 칡넝쿨처럼 단단해지고
있었다

다른 몸을 제 몸에 품고 회오리처럼 솟구치고 있었다

늘 경계였을 것이다

어느 품을 떠나와 어느 품을 파고들 때까지 몰랐을
것이다
　서로의 살들을 부대끼다

　어떤 기억을 버리고 어떤 추억을 안고 떠나는지 모
를 일이다

　나를 지우고

　내가 아닌 것을 지우는 저 물의 경계처럼

　내 生도 이 경계에서 몸을 궁굴려야 할 것이다

종착역 가는 길

정기승차권을 꺼내 그의 이마에 댄다
얼굴 없는 검표원은 현관 유리문에 박혀 늘 간명한
신호음을 허락한다 단골인 나는 늘 무덤덤하다

어깨를 비끼고 선 유리문을 지나
1량의 기차, 앞에 나는 우두커니 선다
내가 쉴 곳은 허공의 종착역 한 켠
그곳으로 삐딱이 선 나는 중력을 거슬러야 하나
시선의 마주침과 응시를 좀처럼 허락하지 않는 이
곳에서
나는 늘 앞 사람의 뒤통수를, 천정을, 감시카메라를
거울에 붙여진 내 얼굴을 멀뚱히 보아야 했다
위로 오르는 일이, 오르다 멈춰 서는 일이
때로 현기증을 견뎌야 하는 일임을 깨닫곤 했다

얼마나 많은 간이역들을 지나왔던가
소리 없는 굉음을 내며 수직의 철길을 오르던 1량
의 기차가

허공의 선로 한 층에서 멈춰 서고
뒤꿈치를 든 아이들처럼 나는 수평의 철길을 걸어
들어간다
각기 다른 세상으로 가는 문들이 사물함처럼 펼쳐
진 이곳
문패를 대신한 숫자들은 철문의 이마에 문신처럼
박혀 있고
볼록렌즈를 통해 선과 악을 판단하는 사람들이
간신히 모아 놓은 웃음을 문틈으로 흘리는,
평행으로 뻗어 있는 이 철길의 끝에 나의 종착역이
있다
그곳은 선로의 입술이 마주치는 곳
이름을 부르는 소리에 놀란 별이 눈알을 부라리는 곳
뛰어나온 달덩이가 피곤한 어둠을 환하게 비추일
것임을
나는 이 근처에 와서야 깨닫는다

하여, 나는 흔들리지 않고 이 철길을 걸어갈 것이다

꼿꼿하게 허리를 펴고, 최대한 리드미컬하게!
종종걸음을 걸어 나의 종착역에 도착할 것이다

홍종화 | 강릉 출생. 2008년 《유심》 신인문학상으로 등단. 동해광희중 국
어 교사로 재직 중.

권영희 김 경 김경태 김동호
김선화 김영주 김용회 김해인
박미자 박방희 윤경희 이 노
이승현

꽃물 편지

권영희

나도 누군가
한눈에 읽어주는

한눈에 읽어주는 편지이고 싶어라

적벽돌 담장 너머 번지는 라일락이고 싶어라

원기소

상수리 구르는 소리 톡, 토르르 들려오고
송소종택 뒤울 너머 황새 떼 날아들어
휘도록 나무마다 한철 흰 꽃송이 앉는 마을

어머니는 발틀 돌려 해진 옷을 손질하고
속살 비치도록 고무줄머리 묶은 아기
갈색 병 원기소 몇 알 아작아작 깨무는

손짓발짓 간지러운 고소한 유년이 다시 오면
칠순의 어머니도 팽팽하게 돌아오고
재봉틀, 기차 가는 소리 흑백으로 쏟아진다

권영희 | 경북 안동 출생. 2007년 《유심》 시조백일장으로 등단. 한국시조
시인협회, 현대불교문인협회 회원.

서설란

김 경

옆에 두고 한겨울 너에게 무심했다

그 사이 어둠 속속 밀어올린 숨결

꽃 대궁 쇠창살 내려 햇살 끌어 모았구나.

가만히 바라다보니 따뜻한 슬픔

세상은 너의 빛으로 끝없이 번져가고

올해도 거저 받는 봄빛 나는 죄만 같구나.

가시연꽃

그녀의 난산은 피투성이 상처였으리

시공 포개지는 한 목숨의 절정에서

우주의
제 중심 활짝 뚫고 꽃이 내게로 왔다

김 경 | 전남 목포 출생. 2007년 《유심》으로 등단. 시집 《누가 바람의 집을 보았는가》.

너를 읽는다

김경태

1.
오래된 집 천장엔 물결무늬가 인다

야근하고 돌아와서

씻지 못 하고 잠들 때

조용히 눈물 흘리는

초겨울 눈동자를 본다

2.
너를 읽다 잃어버린

미소 짓는 기억들

사랑이란 강을 건너는 나룻배 같아서

잡힐 듯 멀어져 가는

汽笛으로 남는다

3.
얼룩진 모습으로 한 없이 길을 내는, 범람의 흔적
들로 노란 꽃을 피워내는, 매일 밤 실핏줄 뻗어 아픈
세월 끌어당기는,

4.
새벽잠을 설친다

창 밖으로 난 찻길로, 달빛이

밤새도록

쌓아놓은 적막처럼

천장은

숨을 고른다 표정 없이 웃는다

불꽃

고장난 백열등 아래

부서져 가는

날벌레, 한 점 눈물로 남아 소멸하는 별처럼

한 生을

다 태우고서 前生으로

돌아간다

김경태 | 부산 출생. 2005년 《유심》 신인문학상 수상.

칼

김동호

칼 · 1

날선 칼 칼집에 꽂아 내려놓은 이가 있다
그 칼 도로 뽑아 휘두른 이가 있다
천둥이 벼락을 지르는 법 어디에도 없는데

칼 · 2

칼날이 춤을 춘다
꽃, 일순(一瞬) 숨죽이고

선혈이 낭자하게 밑둥을 적셔 와도

꽃빛이
저를 내리친 칼빛

무너뜨리고 있다

칼·3

드는 칼 베기만 할 뿐 그저 거기까지다
뜻도 한참 깊으면 묵언(默言)에 싣는 것을
칼집에
꽂혀 있을 때
칼은 칼로
명(命)이나

폭포

물길 뚝 분질러서 사정없이 후려쳐
설 수가 없는 물을 직벽(直壁)으로 세웠구나

김동호 | 2008년 《유심》 신인상 수상. 현 원통중학교 교사.

아버지의 바둑

김선화

아버지는 흑과 백, 오늘도 집을 짓는다
살뜰한 아내가 차린 따뜻한 밥상 앞에
희망도 올망졸망 빛나던 젊은 시절 작은 집.

추억도 말도 잊은 삭정이 같은 손을 잡고
물기 어린 사랑 한 줌, 아내 한 판 쓸어내리며
못 떠날 둥지 끌어안고 가슴에 돌집 짓는다.

아프가니스탄의 꽃

오늘은 한 달에 한 번 집에 가는 월급날
정부군 잡일을 하는 열네 살 압둘바리*는
빵과 물 여덟 식구를 안쪽 가슴에 품었다

폭탄에 눈먼 아버지, 다리 없는 순한 누이
온종일 보고 싶은 먹먹한 그리움을 향해
양귀비 찬란한 들길을 경중경중 달려간다

　* 아프가니스탄의 한 소년 압둘바리는 내전의 포화 속에서 졸
지에 여덟 식구의 가장이 되었다.

김선화 | 서울 출생. 2006년 《유심》 시조백일장으로 등단. 현재 한국시조
시인협회 사무차장.

그 아침의 비밀

김영주

잠이 덜 깬 새벽 유리컵을 닦다가
살과 살이 부딪치며 비명을 내지른다
순간을 놓아버린 손
바르르 떨고 있다

날 선 살점들이 가슴에 와 박힌다
손때 묻은 고요가 거품처럼 사라진다
숨소리 귀에 환하다
빈사리가 차다

잃어버린 아픔은 그러모은 시간일까
시간 속에 붙들어둔 은밀한 약속일까
물처럼 손가락 사이로
빠져나간 이 아침

버리고 못 버리는 미련마저 버린다
가벼운 아주 가벼운 비밀 하나 가져갈 뿐
살면서 손바닥 위에
건져 놓은 손금 하나

달의 기울기

해만 설핏 넘어가면

"수상하다 수상해"

분살 뽀오얀 저 가시내
밤이슬을 밟더니만

저 혼자
배불렀다가
저 혼자
몸을 푼다

김영주 | 경기도 수원 출생. 2009년 《유심》 신인상으로 등단.

포구의 달빛
―그녀는

김용회

날물 끝 초저녁
갈꽃을 쓰다듬고

펄 밭 위 허옇게
빈 발자국 남기며

소곳이 뱃전에 앉아 빈 그물만 흔든다

집으로
—반론(半論)산* 하산길

가을이 아니라도 늘 높은 여량** 하늘
해 지면 밤하늘엔 실눈 뜬 초승달이
해맑은 웃음 피우고 고샅길 환희 밝힌다.

어스름 달빛 속에 점점이 작은 집들
발길을 재촉하며 스치듯 지나가면
햇익은 된장국 냄새 시장기를 깨운다.

개울에 놓은 다리 징검돌 대신하고
휘돌아 고개 넘자 조양江*** 섶 다리 끝
청동상 아랑처녀가 배웅하듯 서 있다.

* 강원도 정선군에 있는 높이 1,067미터 산.
** 강원도 정선군 북면 여량리(아우라지).
*** 정선군 북부로 흐르는 강(아우라지에서 동강과 합류).

김용회 | 전남 장성 출생. 2008년 《유심》 시조백일장 장원으로 등단.

백담사

김해인

수심교에 다다른 물은 모두 다 돈오하고

수심교를 떠나는 물은 모두 다 점수하지

내 말을
알아들었나,
발걸음도 힘차야

물의 군말

백담계곡 물의 군말 혼자 듣기 아까워

손전화 힘을 빌려 아내에게 들려줬지

누구든
물의 군말은
해석하기 나름인데

김해인 | 2008년 《유심》 신인문학상 시조 부문 당선. 시조집 《내 마음의 적소, 동암》《이화》《별들의 사원》《별들을 호린다고 저 달을 참수하면》《고장난 뻐꾸기》《큰개불알풀》. 목포마리아회고등학교 교사.

연등

박미자

아치형 다리 난간에 천 개의 달 둥실 뜬다
바람이 쓸려오면 번뇌는 물비늘로 돌고
켜켜이 쌓인 일상이 출렁이며 흘러간다

빌딩숲 소음에 가려 듣지 못한 소리 있다
밀어닥친 개발 열기 둥지 잃은 외줄 곡예
어디서 희망의 불씨 당겨 와야 할 건지

밤하늘 뿌린 별빛 염주알로 꿰어서
간절한 소망 다져 한컷 한컷 넘겨가면
달무리 내린 여울에 은어 떼는 몰려들고

누군가 강물에도 길 있다 말했었지
엉킨 삶 실타래를 매듭 풀 듯 풀어가면
또 다른 물길 하나가 바다 향해 나아간다

분홍바늘꽃

그대 떠난 뒤에 문득 돋은 가시나무
헐리고 찢긴 자국 누에고치 안에 가둬
세세히 뽑은 분홍실 바늘귀에 꿰었다

첨 만난 길을 밟아 색실로 수를 놓다
저 오랜 길목에서 다듬이질하던 가슴
꽃이 다 지던 그날에 빗장 굳게 닫히고

눈먼 바늘 따끔 찔려 핏방울 뚝뚝 떨어져
볼그레 번진 꽃물 수틀 온통 물들이더니
곁가지 잘라 낸 아픔 꽃봉 새로 매어단다

박미자 | 경북 영덕 강구 출생. 2007년 《유심》 시조백일장 장원, 제32회 샘터시조상 장원, 〈중앙일보〉 시조백일장 2008년 6월 장원, 2009년 〈부산일보〉 신춘문예 시조 당선.

낮달

박방희

하늘엔 허물어진
읍성 같은 초닷새 달

가만히 귀 기울이면
수금 뜯는 맑은 소리

엊그제 내린 흰눈이
잔설로 남아 있다

단산지

가을밤 단산지에
기러기 떼 내린다

못물은 따뜻한가
조붓한 움직임이

몇 갈래 길을 만들며
여러 생 이어진다

박방희 | 1985년 무크지 《일꾼의 땅》, 1987년 《실천문학》 등에 시를 발표
하며 등단. 2009년 봄 《유심》에 〈살구꽃〉이 추천되어 시조시단
에 나옴. 창작집으로는 시집 《불빛하나》 《세상은 잘도 간다》 동
시집 《참새의 한자공부》 《쩌렁쩌렁 청개구리》 《머릿속에 사는 생
쥐》가 있다.

가을, 상수리나무

윤경희

누가
읽지도 않고
말없이 지나갔네

행여,
부딪힐까 봐
온몸 웅크린 채

먼지 낀
둔탁한 건반
툭,
치고 가는 가을

달팽이

하루치 노역을 끝내고 집으로 향하는

힘겨운 몸을 끄는 아비의 뒷모습을 보라

말갛다, 등줄기에 얹힌 가녀린 노동의 흔적

마디마디 외길을 주문처럼 더듬는 지팡이

어스름 불빛 헤치며 더위를 식히고 있다

점점이 남겨진 발자국, 땀으로 더욱 더 젖는다

윤경희 | 경주 출생. 2006년 《유심》 신인문학상 수상. 오늘의 시조시인회, 대구시조협회, 대구문인협회 회원, 영언 동인, 대구문인협회 편집 간사. 시집 《비의 시간》 동인지 《겹》.

망성어(望星魚)

이 노

독도, 해중산에서 부푼 몸을 푼다.
새끼들 낳자마자 먼 길을 떠나가고
피멍 든
당신의 몸이 검푸른 바다.

잔잔한 호수에 정자를 풀어놓았는데
되돌아오는 놈 하나도 못 봤다니
속 깊은
티끌의 바다 비늘 돋친 물고기

되돌아와 보니 기다리는 어미가 없어
살을 발라내 가시만 남은 생선 뼈
아, 문득
하늘로 떠난 그 물고기가 생각난다.

가을 천불동 계곡

벼랑, 속 빈 나무 오금 꺾어 목축이듯
목울대 가다듬어 큰 바위 읊조린다.
하늘을 가득 담은 소(沼), 흐르는 물 경전

첫 단풍 온다기에 서둘러 마중을 왔어
내 안에 좋은 산하나 앉힐 자리 비우고
어두워 안 보인다니 풀 끝이 오싹하다.

노을빛 단청에 비친 등 가려운 소나무
떨어진 솔잎 하나 하늘길 걷고 있다
피멍 든 단풍잎들이 천수관음의 손이다.

이 노 | 충북 옥천생. 2006년 《시인세계》 봄호 등단(시). 2007년 《유심》
시조 부문 신인상.

천상초

이승현

작년 봄 S여인이 건넨 천상초 화분 하나

꽃다진 지난 가을 구석에 놓았는데

이 봄날 새순 뽑아내는 게 분주한 국숫집 같다

하루가 몰라보이게 늘어나는 연둣빛 살림

햇볕에 널어놓으며 손님맞이 한창이다

가끔은 몇 가닥의 향기 내게도 말아주며……

쉼 없이 뽑아 올리는 국수틀 같은 토분

이문을 바란다는 그런 잇속 안 보이고

이슬땀 툭, 툭 털어내는 그 모습이 아름답다

빈터

마음어귀 어디쯤 빈터 하나 있었음 싶다
그 누구도 찾지 않아 보잘 것은 없어도
들풀이 몇 포기쯤은 나름대로 피어 있을

허섭스레기가 쌓여 딱딱하게 굳어진 땅
내가 뭘 얻겠다는 그런 잇속 걷어내고
푸성귀 몇 고랑 갈아 물이라도 주고 싶은

그렇게 여러 나절 보내기라도 할라치면
꼭꼭 저민 울타리 갇혀 있던 이웃들이
호기심 많은 눈으로 기웃거리고 싶어 하는

가끔은 비가 오고 햇볕도 알맞아서
연둣빛 넘쳐나는 어머니 오지랖처럼
목마른 아이 찾아오면 젖이라도 주고 싶은

이승현 | 2003년 《유심》 신인상 등단. 2009년 《나래시조》 문학상, 이호우
시조문학상 신인상 수상. 《나래시조》 편집장. 한국시조시인협회
사무차장. 시집 《빛 소리 그리고》.

바람으로 가자

초판1쇄 인쇄 2010년 12월 15일
초판1쇄 발행 2011년 1월 1일
엮은이 : 유심문학회
펴낸이 : 김향숙
펴낸곳 : 인북스
주소 : 서울시 마포구 서교동 478-3 동궁빌딩 402호
전화 : 02) 325 7402
팩스 : 02) 542 1280
이메일 editorman@hanmail.net

ISBN 978-89-89449-30-0 03810
값 8,000원

잘못된 책은 바꾸어 드립니다.